# QUARTIERS GÉNÉRAUX DES SSD
## SERVICES SECRETS DINOSAURIENS
### BUREAU DES ENQUÊTES SPÉCIALES

### RAPPORT D'ENQUÊTE

OBJET : **ATTEINTE À LA SÉCURITÉ**

CLASSIFICATION : **TOP SECRET**

DATE : **27.09.65**         AGENT : **D. RANGER**

Nous avons entre les griffes un cas CODE VERT. Le mode de vie des dinosaures est menacé.

Nous avons récemment obtenu de l'un de nos agents les plus fiables l'information suivante : un jeune humain répondant au nom de WALLACE — alias « Wally » — EDWARDS est parvenu à établir, au moyen de photographies, la preuve que l'extinction des dinosaures est une supercherie. Edwards a rédigé un rapport détaillé (étoffé de quelques dessins « humoristiques ») dans le but de le soumettre aux autorités en matière d'éducation, en l'occurrence son professeur. Si cette information se répandait au sein de la population humaine, l'intimité dont nous jouissons depuis des millions d'années pourrait être sérieusement menacée.

Nous considérons ce rapport comme une atteinte de premier ordre à la sécurité et suggérons une riposte immédiate, mais discrète. Le point faible d'Edwards serait Pik, son iguane apprivoisé. Les agents ▮▮▮▮▮ et ▮▮▮▮▮ mènent en ce moment une enquête serrée ; une opération de surveillance est en cours.

Nous invitons tous les dinosaures à agir avec la plus grande prudence. Tenez-vous loin des terrasses, n'écoutez pas votre musique trop fort. Portez des vêtements sobres. Évitez de vous servir de vos houla oups et de déraciner trop d'arbres en public. Les déguisements (et particulièrement les lunettes de soleil) sont fortement recommandés.

Il n'y a toutefois pas de raison de paniquer. Vous connaissez les humains : seulement quelques détraqués croiront à une telle histoire.

P.-S. : DÉVOREZ CE MÉMO DÈS QUE VOUS EN AUREZ TERMINÉ LA LECTURE.

À Katie, mon amour,
et à Harriet, Stella Charles et George — W.E.

**Catalogage avant publication de Bibliothèque
et Archives nationales du Québec
et Bibliothèque et Archives Canada**

Edwards, Wallace

(The Extinct Files. Français)

Dossier Dinosaures

Traduction de The Extinct Files. Pour enfants de 4 ans et plus.

ISBN 978-2-89608-070-0

I. Duchesne, Christiane, 1949-    II. Titre.    III. Titre : The Extinct Files. Français.

PS8559.D88E9814 2009        jC813'.6        C2008-942300-3        PS9559.D88E9814 2009

Édition originale :
The Extinct Files – My Science Project by Wallace Edwards
Kids Can Press
Texte et illustrations Wallace Edwards 2006
Graphisme : Karen Powers

Traduction de l'anglais par Christiane Duchesne
Les éditions Imagine inc. 2009 pour la traduction française (Canada)
Tous droits réservés

Dépôt légal : 2009
Bibliothèque nationale du Québec
Bibliothèque nationale du Canada

**Les éditions Imagine**
4446, boul. Saint-Laurent, 7ᵉ étage
Montréal (Québec) H2W 1Z5
Courriel : info@editionsimagine.com
Site Internet : www.editionsimagine.com

**Tous nos livres sont imprimés au Québec.**
10 9 8 7 6 5 4 3 2 1

Gouvernement du Québec – Programme de crédit d'impôt
pour l'édition de livres – Gestion SODEC – Programme d'aide
aux entreprises du livre et de l'édition spécialisée.

Nous reconnaissons l'aide financière du gouvernement du Canada par l'entremise
du programme d'aide au développement de l'industrie de l'édition (PADIÉ) pour nos activités d'édition.

Nous remercions le Conseil des Arts du Canada de l'aide accordée à notre programme de publication.

# Dossier
# DinOsaures

Mon projet de recherche

par

Wallace Edwards

imagine

# Objectif :

J'ai d'abord décidé d'étudier le comportement de Pik, mon iguane. Mais au cours de mes recherches, j'ai fait une découverte scientifique très importante.

# Hypothèse :

On dit que les dinosaures ont disparu. Mais je peux prouver qu'ils existent encore.

# Équipement :

1. Appareil-photo
2. Calepin
3. Cahier à croquis
4. Crayon
5. Lampe de poche
6. Chaussures d'espion

# Méthodologie :

Le premier dinosaure m'a découvert. C'est moi qui ai découvert les autres. Plusieurs soirs de suite, je suis sorti en cachette pour les observer et prendre des notes.

J'avais l'air de ceci quand j'ai aperçu mon premier dinosaure.

Découverte scientifique importante !

Celui-là a l'air affamé ou je me trompe ?

Pik

# Observations :

## HABITAT

Les dinosaures d'aujourd'hui ont abandonné leur jungle
préhistorique bien verte et se sont adaptés à une nouvelle
jungle, faite de béton, de briques et d'asphalte.
Ils habitent dans des gratte-ciel et aiment la vie nocturne.
Plusieurs d'entre eux apprécient tout particulièrement
les rencontres dans les cafés, où ils discutent de cinéma,
de musique, d'art et de sujets renversants.

Polis, mais
TRÈS maladroits

## La jungle urbaine
Ces dinosaures discutent de leur film préféré,
« Godzilla rencontre Pinocchio ».

# Observations :

## ALIMENTATION

Même s'ils ont parfois de mauvaises manières à table, les dinosaures sont de bonnes fourchettes et aiment presque tout. Voici un dinosaure qui adore les conserves, et surtout ce qui a été conservé longtemps dans les poubelles. Sur cette photo, nous le voyons se régaler des principales catégories d'aliments : fruits pourris, chaussures, verre, canettes et os.

Celui-ci joue avec sa nourriture
(voir ci-dessus : mauvaises manières)

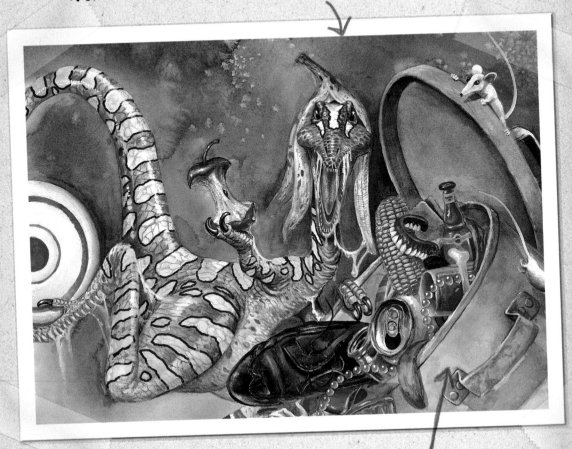

Il y a du rince-bouche là-dedans ?

Délices de ruelles...

Certains dinosaures raffolent des sucreries.
(Le sucre les rend souvent hyperactifs.)

# Observations :

## SOINS CORPORELS

Les dinosaures aiment bien paraître. Certains d'entre eux sont vraiment superbes. Ils utilisent des vadrouilles pour étendre leur fond de teint, se brossent les dents avec de vieux sapins de Noël et se servent de tuyaux d'arrosage comme soie dentaire.

Ils prennent grand soin de leurs griffes, car en plus de faire chic, les longues griffes sont très utiles pour jouer du piano.

Coupe de cheveux et massage dorsal combinés !

# Splendidosaure
## (proche parent du Somptuosaure)

Taille 800 3E

# Observations :

## SANTÉ ET FORME

Qu'ils marchent à pas lourds dans les rues, arrachent des arbres ou jouent à la balle, les dinosaures sont toujours très actifs.

On voit souvent les jeunes dinosaures s'entraîner au cocoball. Si un œuf éclot pendant la partie, le bébé dodu a le privilège de manger l'arbitre.

Ces dinosaures sont des athlètes-nés.

Celui-ci a pensé à prendre son short,
mais il a oublié de l'enfiler.

Attention, le bébé s'en vient !

Un joueur de la ligue « atome » de cocoball

# Observations :

## DÉPLACEMENTS

Les dinosaures voyagent souvent en groupes.
Les rassemblements d'animaux portent des noms précis :
on dit une « volée » d'oies, un « troupeau » de vaches.
Pour moi, une bande de dinosaures, c'est une « bande
de dinosaures ».

Certains dinosaures n'aiment cependant pas
les voyages organisés. Cet adolescent solitaire préfère
de loin se promener dans son superbolide pédipropulsé.

Émission
de gaz
fossiles

Un prototype de formule OS

# Observations :

## COMMUNICATION

J'ai toujours cru que les dinosaures ne savaient
que grogner et rugir. En fait, ils sont très expressifs
et chantent de manière tout à fait étonnante.
Les dinosaures adorent les mélodies envoûtantes
et les chansons romantiques qui parlent de plantes
savoureuses, de terre humide et d'arbres déracinés.

Ils s'accordent bien,
ces deux-là !

artition en do

Ce dinosaure donne un spectacle qui fait craquer tous les spectateurs, et même plus !

Cette jeune dinosaure ressemble assez à ma cousine Joséphine !

À noter : sa tenue aguichante
et son fin jeu de pieds.

# Observations :

## COUPLES ET REJETONS

En étudiant le comportement des oiseaux, j'ai appris que les mâles attiraient les femelles grâce à leur plumage coloré. Chez les dinosaures, c'est le contraire. Ce sont les femelles qui attirent les mâles : elles dansent au clair de lune, vêtues de robes aux motifs audacieux.

Dès l'éclosion des œufs, les dinosaures mâles prennent soin des bébés.

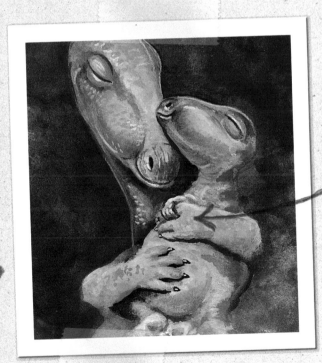

Il va avoir besoin d'une GRANDE couche !

Il a les griffes de son père !

# Observations :

## AUTODÉFENSE

Certains dinosaures sont très forts et très puissants.
Ils veillent à la sécurité des autres dinosaures.
  Quand il n'est pas occupé à raccommoder ses tricots,
ce dinoflic recherche les mauvais garnements
et les petites brutes (sa collation préférée.)

Nom d'un ptéranodon ! C'était bien plus seyant au magasin...

Quel beau regard PERÇANT !

# Observations :

## ÉDUCATION

On croit à tort que les dinosaures ont de petits cerveaux.
C'est tout à fait faux ! Les dinosaures étudient beaucoup,
tout particulièrement la philosophie, la physique,
la géologie, le solfège et les arrangements floraux.

Ce dinosaure peut même lire à l'envers !

Cette fière dinosaure vient de terminer ses études, première de sa promotion. (Je pense qu'elle a dévoré tous les autres élèves !)

Un bel exemple de DIPLOMOCUS

# Observations :

## CARRIÈRES ET PROFESSIONS

Les dinosaures pratiquent divers métiers : médecin, avocat, professeur de saut en parachute, gonfleur de montgolfières, botaniste, ventriloque, inspecteur fromager... Mais la plupart préfèrent les emplois traditionnels, comme musicien de rue ou banquier.

Porte-bonheur

Porte-bonheur
Vraiment?

### Hippisaure
(Ceux-là aussi, il en existe encore !)

Le temps, c'est de l'argent, se dit ce capitaliste sauvage.

os...siers
sauvegarde

Empreinte officielle

# Observations :

## RÉCRÉATION

Les dinosaures se livrent à plusieurs passe-temps.
Certains font du patin à roulettes, d'autres préfèrent
le houla oups, d'autres encore savent même yodler.

Ce casse-cou sait tout faire à la fois, il peut même
lacer ses lacets d'une seule main. Les dinosaulogues
diront qu'il est « multidisciplinaire », mais pour lui,
c'est tout simplement « multirigolo » !

Et que ça roule !

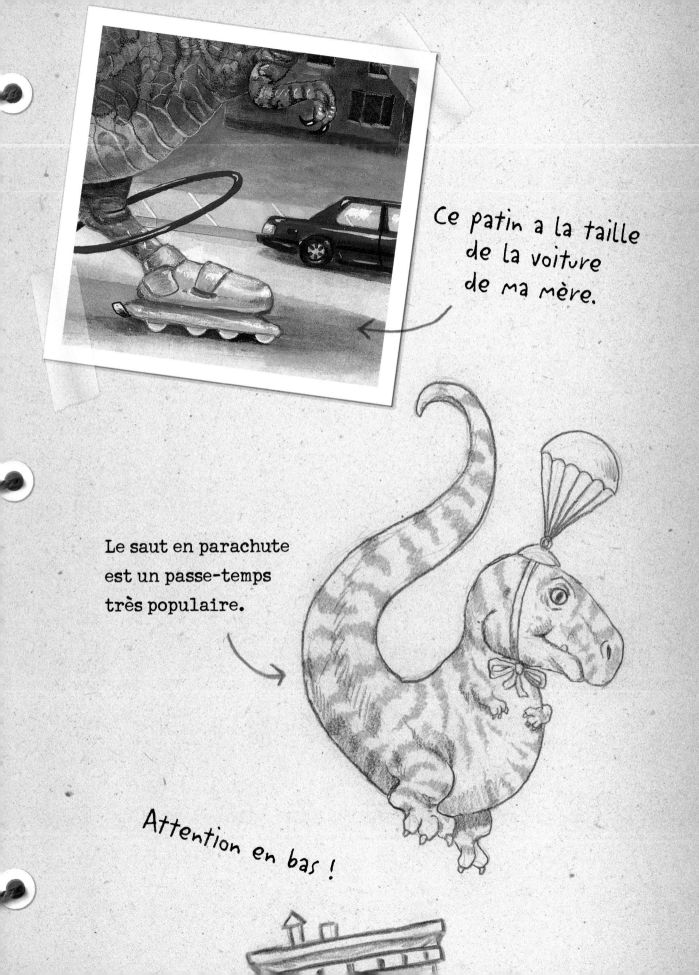

Ce patin a la taille
de la voiture
de ma mère.

Le saut en parachute
est un passe-temps
très populaire.

Attention en bas !

# CONCLUSION

Ma recherche démontre clairement que les dinosaures
SONT vivants – et qu'ils s'organisent très bien !
Mon travail prouve également qu'ils ont évolué :
– ils sont intelligents
– ils sont travailleurs et enjoués
– ce sont de bons parents et des citoyens responsables
– ils aiment la jungle des villes, particulièrement le soir.

Ils ADORENT
faire la fête !

Une chose est certaine : les dinosaures sont très timides et protègent farouchement leur intimité. C'est ce qui explique que nous connaissions si mal leur culture. Qui aurait pu croire que leur « extinction » n'était qu'une supercherie ? C'est en fait la plus grande mystification de toute l'histoire du monde... Les dinosaures sont VRAIMENT très intelligents.

Merci d'avoir prêté attention à

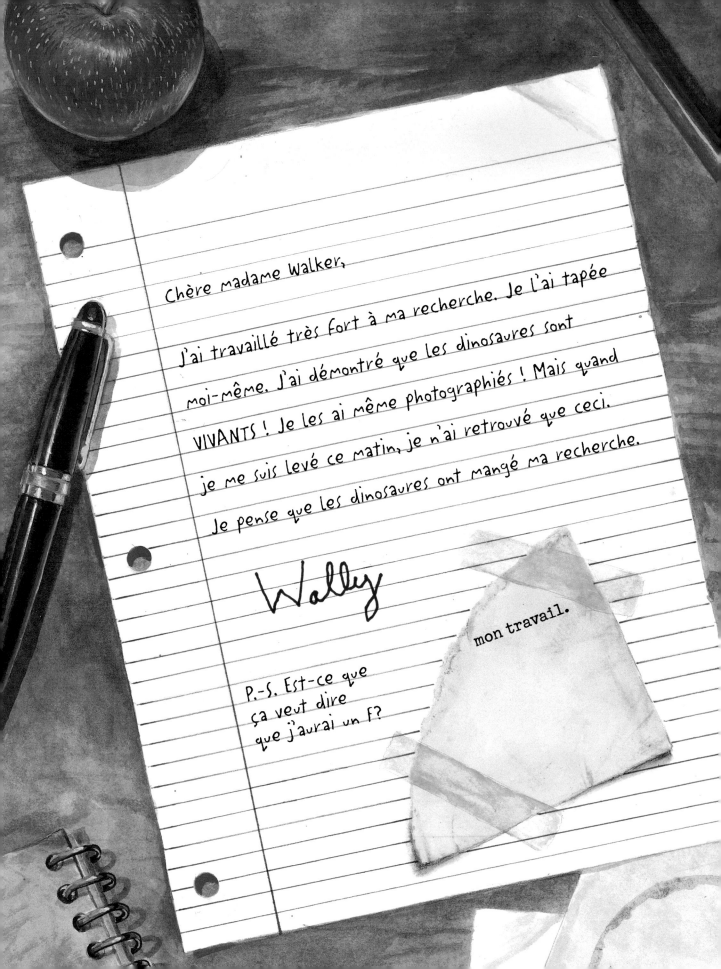

Chère madame Walker,

J'ai travaillé très fort à ma recherche. Je l'ai tapée moi-même. J'ai démontré que les dinosaures sont VIVANTS ! Je les ai même photographiés ! Mais quand je me suis levé ce matin, je n'ai retrouvé que ceci. Je pense que les dinosaures ont mangé ma recherche.

Wally

mon travail.

P.-S. Est-ce que ça veut dire que j'aurai un F?